Le mystère
du petit cochon empoisonné

En plus d'écrire les enquêtes d'Eliott et Nina, **Lewis B. Montgomery** aime manger des nouilles épicées thaïlandaises et de la glace à la myrtille, faire du vélo et lire. Pas tout en même temps, bien sûr. Enfin, plus aujourd'hui. Mais ça, c'est une autre histoire.

Isabelle Maroger a passé son enfance à gribouiller, commencé des études d'art, puis fini par entrer à l'école Émile Cohl à Lyon. Elle illustre des livres pour enfants et des magazines féminins en créant des images graphiques qui donnent le sourire. Elle a illustré chez Bayard la série « Lola » (collection Estampillette) et « Fanny au poney-club ».

Pour Sherry, la tante de Cassidy : voici un nouveau cochon pour ta collection !   L. B. M.

Ouvrage publié originellement par Kane Press sous le titre
The Milo & Jazz mysteries – The case of the poisoned pig
© Texte, 2009, Lewis B. Montgomery
© 2015, Bayard Éditions pour la traduction française
et les illustrations
Loi n°49-956 du 16 juillet 1949
sur les publications destinées à la jeunesse.
Dépôt légal : février 2015
ISBN : 978-2-7470-4485-1
Sixième édition - Septembre 2019
Imprimé en Espagne par Novoprint

Le mystère
du petit cochon empoisonné

Lewis B. Montgomery

Traduit de l'anglais (États-Unis)
par Valérie Latour-Burney
Illustré par Isabelle Maroger

bayard jeunesse

1

Eliott lève les yeux vers l'horloge de la classe. Pourquoi les dernières minutes d'une journée d'école semblent-elles durer des heures alors que la récréation se termine toujours en trois secondes ?

Un éclair de couleur violette attire son attention. Il se retourne. Ce sabot à fleurs appartient à son amie Nina. Du bout du pied, elle vient de pousser entre leurs bureaux un petit mot plié en deux. Eliott étire sa jambe pour le coincer sous sa basket.

Il y est presque, encore un peu…

– Eliott !

Ho, ho !

Mme Ali, leur maîtresse, tend la main.

– Voyons voir ça, Eliott. Donne-moi ce mot.

Eliott se redresse lentement. Quelqu'un glousse. Mme Ali tape du pied tandis qu'Eliott avance vers elle.

Il lui remet le morceau de papier. Elle le déplie. Ses sourcils se froncent. Elle l'examine d'un côté, puis de l'autre.

– Il n'y a rien d'écrit dessus.

Elle fixe Eliott du regard.

– Pourquoi un de tes camarades te ferait-il passer une feuille vierge ?

– Heum… il a peut-être oublié d'écrire quelque chose ? répond Eliott en haussant les épaules.

Toute la classe éclate de rire. Mme Ali lui

rend la feuille en lui faisant les gros yeux et il retourne s'asseoir à sa place.

Tandis que la maîtresse ordonne à tous les élèves de se calmer, Eliott sort son stylo à encre invisible. Et, caché derrière un livre ouvert, il éclaire le petit mot de son amie avec la lumière spéciale du stylo.

Puis il l'éteint et jette un œil à Nina. Elle a une surprise ?! S'agit-il d'une nouvelle affaire ?

Eliott et Nina sont des apprentis-détectives. Ils reçoivent par courrier les leçons de Dash Marlowe, le grand détective privé célèbre dans le monde entier. Et, avec un peu d'aide de sa part, ils parviennent à résoudre de vrais mystères.

Après la sonnerie, Nina rejoint Eliott dans le couloir.

– Pfiou ! souffle-t-elle. Heureusement que tu m'as donné ce stylo à encre invisible.

– Oui, on l'a échappé belle. Alors c'est quoi cette surprise ?

– Tu vas voir, réplique-t-elle avec un petit sourire.

– Donne-moi un indice, lui demande-t-il alors qu'ils se dirigent vers la classe de maternelle de son frère Ethan. Où est-elle ?

– Chez moi.

– C'est Dylan ? Il a encore perdu quelque chose ?

Dylan est le frère aîné de Nina. C'est un adolescent. Ses chaussettes porte-bonheur ont récemment disparu et les deux détectives en herbe ont réussi à les retrouver.

– Je crois qu'il a perdu la tête, dit Nina. Attends de voir la voiture qu'il a achetée.

– C'est ça la surprise ?!

– Non, c'est vraiment une bonne surprise.

Ils récupèrent Ethan à la sortie de sa classe et prennent la direction de la maison. Ethan trottine devant, les mains dans les poches de sa veste en fredonnant une chanson de dinosaure. Il adore les dinosaures.

« Cherche, cherche, cherche, cherche tous les dinosaures… »

– Je peux avoir

un autre indice ? lance Eliott à Nina.

– Ça commence par un C, répond-elle.

Une surprise qui commence par un C…

– Un cadeau ?

– Nan.

– Des cerises ?

– Nan.

– Un clown ?

Nina le regarde de travers.

– Des bonbons ! hurle Ethan.

– Hein ? « Bonbons », ça ne commence pas par un C, rétorque Eliott.

– Écoute ! s'écrie son frère en agitant un œuf de Pâques en plastique.

On entend quelque chose qui bouge à l'intérieur.

Des bonbons peut-être ? Miam…

– Je peux en avoir un ? demande Eliott.

Ethan fourre rapidement l'œuf dans sa poche.

– Nan, je le garde.

Eliott lève les yeux au ciel. Il a déjà dévoré tout le contenu de son panier de Pâques – il ne reste plus que l'herbe en plastique. Ethan, lui, ne s'autorise à manger qu'une seule confiserie par jour. Un seul bonbon acidulé. Un seul petit cœur en chocolat enveloppé dans son papier rose ou vert. À ce rythme-là, son panier de Pâques va durer jusqu'à Halloween !

La maison de Nina ne semble pas différente des autres jours, du moins de l'extérieur.

– Bon alors, elle est où cette surprise ? s'impatiente Eliott en montant les marches du perron.

– Tu vas voir.

Elle ouvre la porte.

Zoom !

Une masse noir et blanc surgit comme une fusée.

Avant qu'Eliott ait pu comprendre ce qu'il

arrivait, elle passe à toute allure entre ses jambes et détale vers le jardin.

– Attrape-la ! hurle Nina.

Eliott part en courant dans un sens. Nina dans l'autre. Puis la créature s'arrête une seconde et ils plongent tous les deux dessus.

Bang !

Aïe !

Nina se frotte la tête.

– Tu l'as ?

– Non, et toi ?

– Moi je l'ai, claironne Ethan.

Eliott examine le petit animal qui se tortille dans les bras de son frère.

Un chiot ? Non.

Un chaton ? Non plus.

– Mince alors, s'exclame-t-il. C'est un petit cochon !

2

– C'est notre nouvel animal de compagnie, dit Nina. Elle s'appelle Anémone.

– Anne-Énorme ? s'étonne Ethan en regardant fixement le petit cochon.

– A-né-mo-ne, répète Nina plus lentement. Elle est mignonne, non ?

Eliott l'observe attentivement.

– Je croyais que les cochons étaient roses.

– Pas tous, répond Nina.

Les yeux écarquillés, Ethan murmure :

– Elle est tellement petite.

– C'est encore un bébé. Et en plus, c'est un cochon nain. Ils sont minuscules.

Nina tend les bras, mais Ethan serre le petit cochon encore plus fort contre lui.

– Je peux la tenir une minute de plus ? S'il te plaît ?

– D'accord, mais ne l'écrase pas, recommande Nina. Et ne la laisse pas s'échapper. Ce matin, elle a écrabouillé tous les pétunias de Mme Raidillon.

Nina pointe du doigt le jardin voisin où une dame taille rageusement sa haie. Elle ne semble pas contente du tout.

– C'est ton mini-cochon qui a fait tout ça ? demande Eliott.

Nina hoche la tête d'un air abattu.

– Maman a dit que, pour me rattraper, je devais aider Mme Raidillon dans son jardin. Mais elle n'arrête pas de râler !

– Pourquoi tu n'avais pas attaché ton cochon ?

– Il était attaché, mais il a trouvé un moyen de se libérer. Mon père l'appelle Mini-Houdini.

La porte s'ouvre à nouveau et Vanessa, la grande sœur de Nina, sort en coup de vent. Elle repère le petit cochon.

– Reinette ! lance-t-elle. Comment tu as fait pour ressortir ?

– Reinette ? (Eliott jette un regard à Nina.) Je croyais qu'elle s'appelait Anémone ?

– Oui, confirme-t-elle.

– Ah non ! riposte Vanessa, les poings sur les hanches.

– Ah si !

RrrrrRRRRRACKACKACKACK-Aackack ! Un vacarme terrible venu du garage couvre les cris des deux sœurs. On dirait une tondeuse à gazon qui passe sur une débroussailleuse.

Dylan, leur frère aîné, sort nonchalamment du garage en essuyant ses mains pleines d'huile sur son jean.

– Ton tas de ferraille fait un bruit de casserole, déclare Nina.

– Ah ouais ? réplique Dylan. Ne viens pas me demander de te conduire quelque part alors !

Il baisse les yeux vers Ethan et le cochon en train de jouer dans l'herbe.

– Hé, Rockette, tu t'es fait un nouveau copain ?

Rockette ?

– Il a combien de prénoms, ce cochon ? s'étonne Eliott.

Dylan rit.

– Quatre pour le moment. Un par enfant. Chris l'appelle Pégase.

Un petit cochon avec quatre noms ?

– Hem… ce n'est pas un peu compliqué ? interroge Eliott.

– Papa nous a donné une semaine pour nous décider, explique Nina. Si on ne s'est pas mis d'accord d'ici là, il en choisira un tout seul.

Vanessa frissonne.

– La dernière fois qu'il a fait ça, on s'est retrouvé avec un poisson rouge nommé Gloups.

– Pourquoi tu ne veux pas l'appeler Anémone alors ? tente Nina.

– Et toi, pourquoi tu ne veux pas qu'on l'appelle Reinette ?

– Anémone refuse un nom aussi débile que Reinette, rétorque Nina. N'est-ce pas Anémone ?

Vexée, Vanessa part d'un pas raide.

– Tu veux jeter un œil sur mon bolide ? demande Dylan à Eliott.

– Oui !

Nina fait la grimace, mais les suit dans le garage.

– Waouh ! fait Eliott, bouche bée.

L'une des portières de la voiture est ouverte d'une drôle de façon. Le capot est soulevé par un bâton et des pièces rouillées sont

éparpillées sur un banc. Un liquide visqueux coule goutte à goutte par terre et forme une flaque qui s'agrandit à vue d'œil.

Dylan est rayonnant.

– Ça te plaît ?

– C'est… c'est… (Eliott ne sait pas trop quoi dire.) Wahou, elle est terrible !

– Elle sera encore mieux quand elle sera entièrement réparée.

Dylan donne une tape amicale à la voiture et un enjoliveur tombe.

Eliott sourit poliment. Puis il sort du garage avec Nina.

– Tu vois ? souffle Nina. Mon frère est aussi sonné que les cloches de Pâques.

Ils arrivent au coin de la maison et aperçoivent Ethan, toujours en train de jouer avec le petit cochon.

Nina s'arrête net.

– Oh non, voilà Gordy Fletcher.

3

Gordy Fletcher est dans la même classe qu'Eliott et Nina. Il fait toujours des trucs bêtes, comme coller des stickers EMBRASSEZ-MOI dans le dos des autres enfants. Ou leur demander s'ils ont bien révisé pour le contrôle alors qu'il n'y en a pas ce jour-là.

Gordy se tient à côté de sa trottinette. Il porte en bandoulière un grand tube bizarre en plastique blanc.

– Qu'est-ce que c'est que ça ? lance-t-il,

le regard rivé sur le petit animal noir et blanc.

– C'est Anne-Énorme, répond Ethan.

Gordy toise le cochon.

– Il ne m'a pas l'air si énorme que ça.

Ethan montre du doigt le drôle d'appareil dans le dos de Gordy.

– Et ça, c'est quoi ? Un canon pour exploser les extraterrestres ?

Gordy affiche un sourire satisfait.

– Pile-poil.

Il fait glisser la bandoulière de son épaule et vise le petit cochon.

– Pas un geste ! Ou tu finis en saucissette.

Puis il éclate de rire. Nina s'emporte.

– Gordy Fletcher, laisse mon cochon tranquille !

L'air renfrogné, il range son arme. Et tout à coup, il sourit.

– Hé, c'était un tour génial de faire passer une feuille blanche en classe ! Je peux te serrer la main ? lance-t-il en tendant la sienne à Eliott qui la saisit immédiatement.

BZZZZZZ !

Eliott fait un bond vers l'arrière en retirant vite sa main. Plié de rire, Gordy lui montre le buzzer caché dans sa paume.

Nina le fusille du regard.

– Pourquoi tu ne vas pas embêter quelqu'un de ton niveau mental ? Genre de deux ans et demi !

– Oh, allez ! C'était une blague !

Tout en continuant à rire, Gordy file sur sa trottinette.

– Ça va ? vérifie Nina auprès d'Eliott.

Il hoche la tête.

– Ça m'a surpris, c'est tout.

– Tu peux être content qu'il n'habite pas dans ta rue. Si tu savais le nombre de fois où il a déposé des fausses crottes de chien en plastique sur notre pelouse ! soupire-t-elle.

Ethan refuse toujours de lâcher le cochon, Eliott appelle alors chez lui pour demander s'ils peuvent rester un peu plus longtemps. Puis Nina et lui avalent un goûter et commencent leurs devoirs.

– Et si on les faisait à l'encre invisible ? propose Eliott. Comme ça, Mme Ali ne pourra pas voir nos fautes.

– Et elle nous mettra un zéro, conclut Nina.

Hum. C'était bien vu.

Soudain, Ethan entre comme une furie derrière Anémone-Reinette-Rockette-Pégase. Ils se poursuivent à toute allure autour de la table de la cuisine, jusqu'à ce que le petit cochon s'arrête de tourner. Un bruit étrange remonte du fond de sa gorge : heun-heun-heun.

Nina le prend dans ses bras.

– Qu'est-ce qu'il y a Anémone ?

Heun-heun-heun.

– On dirait qu'elle s'étouffe ! s'exclame-t-elle.

– On devrait peut-être lui faire la méthode de Heimlich, suggère Eliott.

Heun-heun-heun.

– Et comment tu fais ça ?

– Je ne sais pas exactement. Je crois qu'il faut la serrer fort au niveau de la taille.

– Les cochons ont une taille ?

Heun-heun-heun… bleuuuuur.

Ils regardent la flaque de vomi que vient de cracher le petit cochon.

– Bon, constate Nina, au moins elle ne s'étouffe plus.

– Elle a vomi sur mes devoirs ! gémit Eliott.

Nina repose le petit cochon par terre. Ethan s'agenouille à côté de lui et le caresse.

– Tu te sens mieux maintenant, Anne-Énorme ?

Le cochonnet vomit encore une fois. Eliott prend ça pour un « non ».

– Il vaudrait mieux qu'on l'amène chez le vétérinaire, propose Nina. Ce n'est qu'un bébé après tout.

– Mme Ali ne va jamais croire qu'un cochon a vomi sur mes devoirs, se plaint Eliott.

– Le vétérinaire pourra peut-être t'écrire un mot d'excuse ?

Ethan insiste alors pour les accompagner.

– Ce n'est pas notre cochon, lui fait remarquer Eliott.

– Mais je l'aime !

– Tu le connais à peine !

– Je m'en fiche. Je l'aime plus que les chocolats de Pâques. Plus que Mamie Judy. Plus que les dinosaures.

Ethan serre le cochonnet dans ses bras.

– Fais attention, prévient Nina, il va encore vomir.

– Et moi aussi, ajoute Eliott.

La salle d'attente du vétérinaire est remplie d'animaux : un chaton roux, deux hamsters, un petit chiot dodu et un gros chien baveux. Mais aucun autre cochon.

Quand leur tour arrive, le docteur Yun leur demande :

– Bon, qui avons-nous là ?

– Anémone.

Nina sourit quand le vétérinaire écrit le nom sur son dossier. Tandis que les enfants lui expliquent ce qu'il s'est passé, le docteur

Yun prend le cochonnet dans ses bras et palpe son corps. Il examine ses yeux, ses oreilles et sa gorge.

– Hem… il semble plutôt en forme.

– Pourquoi a-t-il vomi alors ? se renseigne Nina.

Le docteur Yun paraît pensif.

– Je ne peux pas en être sûr, dit-il, mais cela m'a tout l'air d'un empoisonnement.

4

Un empoisonnement ?

Nina en a le souffle coupé.

– Mais ce n'est qu'un bébé cochon. Qui ferait une chose aussi horrible ?

Eliott imagine une main gantée déposant une goutte de liquide vert empoisonné dans un bol de pâté pour cochon. Ils tiennent peut-être leur nouvelle énigme ?

Le docteur Yun rit.

– Je ne pensais pas à un acte criminel. Je ne crois pas que quelqu'un l'ait empoisonné volontairement. Je suis certain que c'est un accident.

Il prend une brochure et la tend à Nina.

– Dans une maison, il y a beaucoup de choses dangereuses pour les animaux.

Eliott lit par-dessus l'épaule de Nina.

Assurez la sécurité de votre cochon à la maison.

Les cochons adorent fouiner partout.
Ils adorent aussi manger.
Et il leur arrive parfois de manger des choses qui ne sont pas bonnes pour eux.

Poisons les plus fréquents :
- le sel (en grande quantité)
- les pièces de monnaie
- le café, le thé et le chocolat
- les produits ménagers
- le savon
- la crème solaire
- l'aspirine et autres médicaments antidouleur
- l'antigel pour le moteur des voitures
- le laurier-rose et autres plantes toxiques

Assurez-vous qu'aucun de ces éléments n'est à la portée de votre cochon.

De l'antigel ?!

Eliott se rappelle la flaque visqueuse sous la voiture de Dylan.

– Est-ce qu'Anémone est allée dans le garage ? demande-t-il immédiatement à Nina.

– Je ne crois pas, répond-elle en haussant les épaules. À moins qu'elle n'y soit entrée quand on était à l'école.

Le docteur Yun regarde sa montre et déclare :

– Quoi qu'elle ait avalé, ça s'est passé il y a moins de deux heures.

Il dépose le petit cochon par terre qui se met à trottiner dans la pièce en reniflant avec curiosité.

– Mais il semble en pleine forme à présent. Rentrez chez vous, enlevez tout ce qui est dangereux pour lui et vous ne devriez plus avoir de problème, conclut le vétérinaire.

Une fois de retour à la maison, Nina

attache la laisse du petit cochon au porche.

– Tu restes ici pendant qu'on cache tout ce qui est dangereux pour toi.

Elle jette un œil vers la maison voisine. Mme Raidillon est encore en train de s'activer dans son jardin dévasté.

– Et ne fais pas de bêtises, s'il te plaît.

– Je vais m'occuper de lui, promet Ethan en collant sa joue contre celle du cochonnet. Pas vrai Anne-Énorme ?

– Anémone, le corrige Nina.

Mais Ethan ne prête pas attention à sa remarque.

Eliott et Nina inspectent ensuite chaque pièce de la maison. Dès qu'ils trouvent un élément de la liste, ils le rangent aussi haut que possible pour que le cochon ne puisse pas l'attraper.

Eliott vient de grimper sur les toilettes pour mettre le savon sur l'étagère quand Dylan entre. Il est couvert de graisse.

– Hé ! J'ai besoin de ce savon !

Pendant qu'il se frotte les mains, Nina lui explique ce qu'ils sont en train de faire et lui lit la liste des poisons.

– De l'antigel ? répète Dylan.

– Oui, j'ai vu quelque chose qui coulait sous ta voiture, poursuit Eliott.

– C'est juste l'eau du radiateur, répond Dylan avant de marquer une pause. Et un peu d'huile de moteur. Peut-être aussi du liquide de frein. Mais je vais tout nettoyer au cas où. Je ne veux pas que Rockette tombe malade.

– Anémone, le reprend Nina.

– Ouais, c'est ça !

Ils entendent alors claquer la porte d'entrée.

Un instant plus tard, Ethan se précipite à l'intérieur.

– Eliott ! Nina ! Venez ! Le garçon tueur d'extraterrestres est de retour ! Et il tire sur Anne-Énorme !

5

Gordy Fletcher se tient sur le trottoir avec son canon. Au bout de sa laisse, le petit cochon fait des allers-retours frénétiques en poussant des cris aigus. Les enfants se précipitent vers Gordy, qui pointe son laser dans leur direction.

– Arrête ! hurle Eliott.

Gordy pose ses lèvres sur le grand tube en plastique. Ses joues se gonflent et un petit projectile blanc rase l'oreille du cochonnet.

Nina lui arrache son arme des mains.

– Hé, rends-moi ça ! s'écrie-t-il.

– Si tu tires encore une fois sur mon cochon, je te l'enfonce dans les trous de nez !

– Mais il adore ça ! proteste Gordy. Pas vrai Saucissette ?

Nina le fusille du regard.

– Elle en a déjà mangé six, poursuit Gordy en riant. Quel goinfre !

– Six quoi ? l'interroge Eliott.

– Six chamallows.

Eliott observe le tube en plastique.

– Ce machin tire des chamallows ?

Gordy hoche la tête.

– Je l'ai fabriqué moi-même.

Waouh ! Un canon à chamallows artisanal. Génial.

Nina le rend à Gordy en fronçant les sourcils.

– Elle ne devrait pas manger tous ces chamallows.

– Ce ne sont que des mini-chamallows, tu sais.

– Oui, mais c'est une mini-cochonne, réplique Nina. Pour elle, six mini-chamallows, c'est comme soixante chamallows pour nous.

Eliott se demande comment il se sentirait s'il mangeait soixante chamallows d'un seul coup... Sûrement pas très bien.

Soudain, une idée lui traverse l'esprit.

– Tu étais ici tout à l'heure, souligne-t-il à Gordy. Quand tu m'as fait vibrer la main.

Gordy semble nerveux.

– Ouais et alors ?

Eliott se tourne vers Nina.

– Tu te souviens ? Il était dans le jardin quand on est sorti du garage. Et il avait déjà son canon avec lui. Anémone a peut-être mangé des chamallows et...

Nina l'interrompt :

– Et elle est tombée malade ! s'exclame-t-elle en montrant Gordy du doigt. C'est toi ! C'est toi le coupable ! Tu as empoisonné Anémone.

– Quoi ?

Gordy recule.

– Empoisonneur de cochon !

– Tu es folle ! Je n'ai rien fait du tout !

Le garçon tire un chamallow sur Nina, mais il la manque. Puis il tourne les talons et déguerpit aussi sec tandis que Nina hurle :

– Et tu ne sais même pas viser en plus !

Eliott la dévisage. Était-ce bien la Nina qu'il connaissait ?

La Nina logique, calme, qui prend le temps de réfléchir ?

– Tu sais, Gordy ne lui avait peut-être pas donné de chamallows, suggère-t-il. Visiblement, il venait juste d'arriver.

Têtue, Nina secoue la tête.

– Tu n'as pas remarqué son air paniqué ?

– Je ferais la même tête si quelqu'un me traitait « d'empoisonneur de cochon ». Et puis, les chamallows ne sont pas sur la liste des poisons. On ne sait pas s'ils sont mauvais pour les cochons.

– Bien sûr qu'ils sont mauvais pour les cochons, réplique Nina. Ils sont mauvais pour tout le monde. Tu sais avec quoi ils sont faits ?

– Du sucre ?

– Pire que ça. Vanessa m'a dit qu'ils sont fabriqués avec des sabots et des os broyés de vaches et de cochons. C'est Dylan qui lui a expliqué.

– De cochons ? Tu veux dire que…

Nina hoche la tête.

– Anémone est cannibale.

Beurk. Pas étonnant qu'elle ait vomi. Jamais il ne mangerait quelque chose fait à base de pieds humains. Il jette un œil vers

le petit cochon. Ethan l'a détaché et ils se courent après. Dans le jardin d'à côté, Mme Raidillon lève les yeux, l'air pincé.

– Ethan, appelle Eliott. Est-ce que tu as vu Gordy tirer des chamallows tout à l'heure ?

Ethan marque une pause et déclare :

– Ben oui. Et après, Nina lui a pris son canon.

Eliott secoue la tête.

– Je voulais dire tout à l'heure, avant. La première fois qu'il est venu.

– C'était la première fois qu'il était venu.

Ethan insiste.

– Non, je voulais dire… Oh, c'est pas grave.

Il valait mieux ne pas compter sur les petits.

– Mme Raidillon a peut-être vu quelque chose, suggère Nina. Tu pourrais l'interroger ?

– Tu n'as qu'à lui demander. C'est ta voisine.

– Sauf qu'elle est en colère contre moi à cause d'Anémone.

Eliott regarde furtivement Mme Raidillon. Elle ne semblait pas d'humeur à papoter. Et encore moins au sujet d'un cochon. Mais il le fallait, pour le bien d'Anémone !

Il traverse l'allée.

– Excusez-moi…

Mme Raidillon relève la tête d'un coup sec. Eliott avale sa salive.

– Oui ? Qu'est-ce que c'est ? ronchonne-t-elle.

– Heu… quelles belles fleurs ! lance-t-il sans réfléchir.

Elle observe son parterre de fleurs ravagées, puis le dévisage.

– Heu, je veux dire… qu'elles devaient être belles.

– Oui, elles étaient belles, reprend-elle sèchement.

Nina les rejoint.

– Madame Raidillon, je suis vraiment désolée des dégâts qu'a causés Anémone. Elle est petite, elle ne l'a pas fait exprès. Cela n'arrivera plus, déclare-t-elle avec un sourire plein d'espoir.

Mais Mme Raidillon ne lui rend pas son sourire.

– Non, répond-elle fermement. Cela n'arrivera plus.

Et alors qu'Eliott et Nina s'éloignent, elle marmonne une phrase. Eliott n'en est pas certain, mais il croit avoir entendu :

– Et je vais m'en assurer moi-même.

6

Samedi matin, Eliott engouffre sa troisième portion de pancake lorsque le courrier arrive.

– C'est pour toi, annonce son père.

Il tient à la main une enveloppe kraft, avec les initiales D. M. imprimées dans le coin en haut à gauche.

Dash Marlowe ! Une nouvelle leçon du détective ! Eliott l'ouvre précipitamment, l'éclaboussant de sirop d'érable, puis il déplie la lettre.

Dash Marlowe
Secrets d'un superdétective

Savoir détecter les similitudes étranges

T'es-tu déjà demandé pourquoi on dit
que les détectives ont des yeux de lynx ?
Parce qu'ils voient des choses
que les autres ne voient pas.
Trouve les similitudes étranges
entre les indices que tu as rassemblés
et tu résoudras ton affaire.

Un matin, le propriétaire du grand magasin
le plus luxueux de Paris m'appelle.
Il est mort d'inquiétude. Trois jours
auparavant, une femme est sortie de son
magasin avec une valise. Soupçonneux,
les agents de sécurité l'ont arrêtée.

Après tout, qui fait du shopping avec une valise ? Ils pensent qu'elle a volé tout un tas de trucs – une douzaine de paires de chaussures de marque ou tout leur stock de cuillères en argent.

Mais lorsqu'ils ouvrent la valise, elle est vide. Le lendemain, les agents de sécurité repèrent la même femme qui sort avec une valise encore plus grosse. Ils l'arrêtent à nouveau et ouvrent sa valise. Vide.

Le troisième jour, la valise est si volumineuse que la femme a du mal à la porter. Cette fois-ci, les agents de sécurité sont déterminés à trouver ce qu'elle a volé. Ils examinent la valise dans tous les sens, à la recherche d'une cachette, sans succès. Finalement, ils doivent la laisser partir.

C'est alors qu'ils m'appellent, moi, Dash Marlowe, grand détective mondialement célèbre.

J'écoute le propriétaire qui me raconte toute l'histoire, au bord des larmes.

Puis je lui annonce ce que la femme lui a volé : des valises.

La leçon ne s'arrête pas là, mais Eliott veut la partager avec son associée. Tout en déposant son assiette dans l'évier, il lance :

– Je vais chez Nina, d'accord ?

– Je veux y aller moi aussi ! s'écrie Ethan.

Eliott soupire.

– Tu ne peux pas jouer avec tes copains pour une fois ?

– Anne-Énorme est mon amie. Je l'aime plus que Grand-…

– OK, c'est bon, tu peux venir, abrège Eliott.

Il n'est pas sûr que Maman apprécierait beaucoup d'entendre Ethan comparer Grand-Maman à un cochon. Surtout qu'il préfère le cochon !

Quand ils arrivent chez Nina, ils trouvent Anémone-Reinette-Rockette-Pégase attachée au porche. Elle a l'air plutôt joyeux pour une cannibale.

Ethan se précipite vers elle et la prend dans ses bras en gazouillant :

– Qui est le plus joli cochonnet de toute la Terre ? Un bisou ? Hem ? (Il frotte son nez sur sa petite truffe.)

Beurk !

– Eliott !

C'est la voix de Nina. Eliott se retourne, mais il ne voit personne.

Dans le jardin de Mme Raidillon, un bras s'agite derrière un buisson.

– Par ici !

7

Eliott court vers elle.

– Pourquoi tu te caches ? Tu espionnes quelqu'un ?

Nina a peut-être repéré Mme Raidillon en train de faire quelque chose de suspect ?

– Je ne me cache pas, répond Nina. Je taille, précise-t-elle en se redressant. Tu te souviens ? Je dois aider Mme Raidillon à réparer les dégâts qu'a causés Anémone dans son jardin.

Eliott fait la grimace.

– Ah, oui.

– Ce n'est pas si terrible en fait. Mme Raidillon m'apprend plein de choses intéressantes sur les plantes.

Pendant que Nina jardine, Eliott lui lit la nouvelle leçon de Dash Marlowe à voix haute. Après le passage sur les similitudes étranges, Dash explique comment recueillir des témoignages au sujet d'une affaire – en interrogeant des suspects, des témoins ou des experts :

> Bien sûr, les gens ne vous retraceront sûrement pas toute l'histoire.
> Ils laisseront peut-être un point de côté, ne se rendant pas compte de son importance. Ils oublieront peut-être aussi des détails. Ils pourront peut-être même mentir. Votre mission est de remplir les blancs, pour comprendre ce qu'il s'est vraiment passé.

Eliott s'arrête de lire. Mme Raidillon s'approche d'eux. Elle porte un plateau avec de la limonade et des cookies. Et elle sourit !

Tandis que les enfants goûtent, elle examine le buisson que Nina vient de tailler.

– Tu as très bien travaillé sur ce laurier-rose, Nina. Tu as vraiment la main verte.

Du laurier-rose... Ils ont déjà entendu ça quelque part.

– Je suis vraiment désolée pour vos fleurs, s'excuse à nouveau Nina. Je continuerai à jardiner aussi longtemps que vous le voudrez. Et je ne laisserai plus Anémone...

– Oh, tu en as déjà assez fait, l'interrompt Mme Raidillon. Et pour ton cochon... eh bien, je ne pense pas qu'il sera un problème très longtemps.

Son sourire s'élargit encore.

Eliott dévisage la voisine. Qu'est-ce qu'elle a voulu dire ? Il essaie d'attirer l'attention de Nina, mais elle regarde dans une autre direction.

– Oh, non. Encore lui ! s'exclame Nina.

Gordy Fletcher se tient sur le trottoir. Il observe Ethan qui tente d'apprendre au petit cochon à tourner sur lui-même.

Lorsqu'il voit Nina foncer sur lui, Gordy recule.

– Je n'ai pas touché Saucissette, OK !

– Arrête de l'appeler comme ça ! s'écrie Nina.

– Pourquoi ? Tu m'as bien traité d'empoisonneur de cochon !

Gordy n'a pas tort.

Eliott jette un œil vers le petit cochon, puis vers Nina.

– Est-ce qu'il a encore été malade hier soir ? Après les chamallows ?

– Non, reconnaît-elle. Mais…

– Tu vois ? lance Gordy. Alors, excuse-toi !

Les mains sur les hanches, Nina le fixe… et lâche finalement :

– D'accord, ce n'est pas toi qui l'as

empoisonné… enfin peut-être.

L'espace d'une seconde, Gordy a l'air agacé avant de sourire.

– Ça me va. Sans rancune.

Il plonge la main dans sa poche et en ressort une boîte de bonbons.

– Je vous donnerai même un peu de mes bonbons.

Nina lève les yeux au ciel.

– Qu'est-ce qu'il y a dedans ? Un serpent qui va nous sauter à la figure ?

– Mince alors ! J'essayais juste d'être sympa, rétorque Gordy en ouvrant la boîte. Tu vois ?

Eliott se penche. La boîte est pleine de bonbons de toutes les couleurs. Waouh ! Gordy est vraiment gentil ! Il en prend une poignée et les avale.

– *Beurk* !

Il les recrache en bredouillant :

– Qu'est-ce que c'est que ça ?

Gordy s'esclaffe trop pour pouvoir répondre. Enfin, il réussit à souffler entre deux éclats de rire :

– Je les ai recouverts du vernis que ma sœur utilise pour arrêter de se ronger les ongles. C'est dégoûtant, pas vrai ?

Juste à ce moment, Ethan arrive en courant, le petit cochon dans ses bras.

– Anne-Énorme se comporte bizarrement !

– *Houin-houin-houin.*

Eliott et Nina échangent des regards paniqués. Non, pas encore !

Le sourire de Gordy s'efface.

– Elle ne va pas bien ?

– *Houin-houin-houin.*

– Hé, je crois qu'elle s'étouffe ! s'exclame-t-il.

Il prend le cochon des bras d'Ethan et lui ouvre la bouche pour examiner sa gorge.

Eliott lâche :

– Si j'étais toi, je ne ferais pas...

– *Bleuuuuurp* !

8

– Essaie de voir le bon côté des choses, rappelle Eliott. Ton cochon a vomi sur Gordy Fletcher !

Nina fronce les sourcils.

– Ce n'est pas drôle. Comment Anémone a-t-elle pu encore une fois tomber malade ? On a enlevé tout ce qui était dangereux dans la maison.

Eliott réfléchit.

– Est-elle allée ailleurs ce matin ?

– Dehors. Mais elle était avec Ethan.

– Il lui a peut-être donné quelque chose à manger ? suggère Eliott. Il faut qu'on lui parle.

Ils trouvent son frère blotti sur le canapé avec le petit cochon.

– Chhut, fait Ethan en posant son doigt sur ses lèvres. Elle dort.

– Ethan, tu n'as rien donné à Anémone aujourd'hui, hein ? Rien qui serait dangereux pour elle ?

Ethan secoue la tête.

64

– Juste des bisous.

Eliott soupire.

– Ce n'est pas ce que je t'ai demandé.

Il aurait préféré qu'Ethan se remette à jouer avec ses dinosaures. Au moins, ça ne le dégoûtait pas.

– Est-ce que tu as vu quelqu'un d'autre lui offrir à manger ? l'interroge Nina.

– Nan.

– Pas même Gordy Fletcher ?

– Nan.

Elle jette un œil à Eliott qui hausse les épaules.

Alors qu'ils retournent dans la cuisine, il repense à ce que le docteur Yun leur avait dit. Et si cela n'était pas un accident après tout ? Si c'était vraiment un acte criminel ?

– Anémone a des ennemis ?

Nina le dévisage.

– Eliott, Anémone est un bébé cochon.

– Et Mme Raidillon ? suggère-t-il. Tu ne

l'as pas entendue ? Elle a marmonné que le cochon ne serait plus un problème très longtemps. C'est peut-être elle qui a essayé… (*il baisse la voix*) … de le faire disparaître.

Nina secoue la tête.

– Tu as vu comme elle était gentille avec nous aujourd'hui. Elle nous a même préparé des cookies.

À ces mots, Eliott se fige… Ses cookies ! Avaient-ils un drôle de goût ? Tout à coup, il a mal au ventre.

– Qu'est-ce qu'il y a ? lui demande Nina. Tu ressembles à Gloups le jour où son bocal s'est renversé.

– J'ai mal au ventre… les cookies…

– Tu te goinfreras moins la prochaine fois. Je me sens très bien, moi.

Puis elle poursuit.

– Et Gordy ?

– Ethan assure que Gordy ne lui a rien donné à manger.

Nina soulève un sourcil.

– Il a dit qu'il n'avait pas vu Gordy lui donner à manger. C'est différent.

Eliott réfléchit un instant. Gordy est… Gordy. Mais il n'empoisonnerait pas un cochon. Pas vrai ?

– Ses bonbons ! lance Nina.

– Ils étaient juste dégoûtants. Ce machin pour les ongles n'est pas un poison.

– Ça ne veut pas dire que ça n'en est pas un pour Anémone. Certaines choses sur cette liste sont toxiques pour les cochons, mais pas pour les humains.

Eliott sort son carnet de détective et écrit :

Il regarde ses notes. Gordy, Mme Raidillon... Quelque chose le chiffonne. Quelque chose que la voisine a dit...

– Le laurier-rose ! s'exclame-t-il.

– Quoi ?

– Mme Raidillon a du laurier-rose dans son jardin. Et c'est sur la liste des produits toxiques !

Nina écarquille les yeux.

– Tu veux dire qu'Anémone en a peut-être mangé quelques feuilles ?

Le front de Nina se plisse.

– Mais elle n'est allée qu'une seule fois dans le jardin de Mme Raidillon. La seconde fois qu'elle est tombée malade, elle n'avait pas pu manger de laurier-rose.

– À moins que Mme Raidillon ne lui en ait donné.

Les plis sur le front de Nina s'accentuent.

– Mme Raidillon est parfois un peu grognon, mais de là à empoisonner un bébé cochon ?

Elle secoue la tête.

– Moi, je dis que c'est Gordy et ses bonbons.

– Et moi, je dis que c'est Mme Raidillon.

Eliott et Nina se défient du regard.

Nina soupire.

– Si seulement on l'avait pris la main dans le sac.

– Ou si on l'avait pri*se* la main dans le sac, rectifie Eliott.

Il essaie de réfléchir. Que ferait Dash ? Puis il déclare lentement :

– Il n'est peut-être pas trop tard.

– Qu'est-ce que tu veux dire ?

– C'est déjà arrivé deux fois. Pourquoi pas une troisième ?

Il sourit.

– Mais ce coup-ci, on sera prêt.

9

Hop hop hop !

Derrière les buissons, un lapin en chocolat saute sur les genoux d'Eliott. Il essaie de l'attraper, mais il s'échappe d'un bond.

– Allez, Ethan, s'il te plaît, murmure-t-il. Laisse-moi croquer dans ce lapin en chocolat, je meurs de faim.

Hop hop !

– Je ne peux pas. Je le garde.

– Juste une oreille ? Ou la queue ?

Hop hop ! Ethan secoue la tête.

Eliott sort son carnet de sa poche et écrit :

Nina jette un œil vers le petit cochon attaché au pied du porche.

– Je ne suis toujours pas sûre que ce soit une bonne idée d'utiliser Anémone comme appât.

– Il ne lui arrivera rien, promet Eliott. On ne l'a pas quittée des yeux depuis tout à l'heure.

Et ils continuent à monter la garde.

Lorsque soudain, ils entendent une porte claquer.

Une minute plus tard, Mme Raidillon se dirige vers l'entrée de la maison de Nina.

Enfin !

Elle porte un sac en papier d'où sortent des feuilles. Eliott retient sa respiration.

Est-ce du… laurier-rose ? Maintenant, il ne voit plus que les jambes de la voisine. Tout à coup, le petit cochon bondit. Mme Raidillon hurle. Son sac tombe par terre.

Le petit cochon plonge joyeusement dans les feuilles. Nina reste bouche bée.

Mais avant même qu'elle et Eliott puissent s'extirper de leur cachette, une main se tend et soulève rapidement le sac.

– Non, non, dit Mme Raidillon. Ce n'est pas pour toi. Tu es peut-être une pestouille, mais je ne veux pas que tu sois malade.

Toc-toc-toc. Mme Raidillon frappe chez Nina.

La porte s'ouvre.

– Je vous apporte un peu de menthe de mon jardin, annonce Mme Raidillon.

– Oh, merci ! répond la maman de Nina. J'adore la menthe dans mon thé glacé.

La porte se referme derrière la voisine.

– Je savais bien que ce n'était pas elle, murmure Nina.

Les enfants reprennent leur poste de surveillance. Les minutes s'écoulent lentement. L'estomac d'Eliott gronde. Il dévore des yeux le lapin en chocolat d'Ethan qui finit par le cacher nerveusement sous son tee-shirt.

Et si Nina avait raison ? Tout ça n'est peut-être pas une bonne idée.

Quand soudain, Gordy apparaît dans la rue. Une fois au niveau de la maison de Nina, il marque une pause et jette des coups d'œil fébriles autour de lui. Puis il se précipite dans l'allée, s'accroupit et tend la main à Anémone.

– Qu'est-ce qu'il fabrique ? chuchote Nina.
Eliott l'observe.
– Il la… caresse.
Ils entendent alors la voix de Gordy.
– C'est qui la jolie Saucissette ? susurre-t-il. C'est qui le mini-cochon tout rond, tout mignon ?

Eliott et Nina se regardent, stupéfaits. Gordy ? Qui parle à Anémone comme à un bébé ?

Eliott se mord la joue et plaque sa main sur sa bouche. Il se détourne de Nina qui fait la même chose. Mais leurs regards se croisent et ils explosent de rire.

Les deux détectives sortent du buisson et Gordy se relève d'un bond. Le visage rouge comme une pivoine, il tourne les talons et il part en courant.

– Tout rond, tout mignon ! lance Eliott en s'étouffant de rire.

– La jolie Saucissette ! glousse Nina, pliée en deux.

Quand ils s'arrêtent enfin de rire, l'estomac d'Eliott se remet à gronder. Ils laissent Ethan avec le petit cochon attaché au pied du porche et s'en vont dans la maison grignoter quelque chose.

Alors que Nina dévalise le réfrigérateur, Eliott ouvre son carnet et passe en revue sa liste de suspects : Gordy, Mme Raidillon.

Nina jette un œil par-dessus son épaule.

– On sait que ce n'est pas Mme Raidillon. On l'a entendue dire qu'elle ne voulait pas qu'Anémone tombe malade.

– Et ça ne peut pas être Gordy non plus, ajoute Eliott. Il ne laisserait jamais sa jolie Saucissette manger un truc mauvais pour elle.

Il raye Gordy. Puis il raye Mme Raidillon.

– Et voilà pour notre liste, soupire Eliott.

– Peut-être qu'on s'y prend mal, suggère Nina.

– Qu'est-ce que tu veux dire ?

– Eh bien, Dash conseille de chercher *les similitudes étranges*. Tout ce qui se répète bizarrement. On a qu'à écrire tout ce que l'on sait des deux fois où Anémone a été empoisonnée.

Elle prend le carnet et note :

– Ça veut dire quoi AEC et PEC ? demande Eliott.

– Avant Examen du Cochon et Post Examen du Cochon, bien sûr, répond Nina en tapotant son stylo. Quoi d'autre ?

Eliott hausse les épaules.

– Le vomi était le même, les deux fois. Plutôt marron et...

– J'ai pigé, merci, l'interrompt Nina en faisant la grimace.

– Et qui était dans les parages ? Gordy et Mme Raidillon...

– Et nous aussi.

– Ce n'était pas Gordy ni Mme Raidillon. Et c'est sûr que ce n'est pas nous. Alors ? Il n'y avait personne d'autre... sauf Ethan.

Eliott regarde Nina.

Nina regarde Eliott.

– *Ethan* ! hurlent-ils en chœur.

Lorsqu'il entre, Nina l'interroge :

– Ethan, tu es vraiment certain de n'avoir rien donné à manger à Anémone ?

Il secoue la tête.

– Rien du tout ? insiste Eliott.

– Je te l'ai déjà dit. Je lui ai juste donné des bisous. Anne-Énorme adore les bisous.

Eliott lève les yeux au ciel.

– Ethan…

– Mais il n'y en a plus maintenant, continue son frère. C'est pour ça que j'ai apporté le lapin. Je parie qu'elle adore les lapins aussi.

Oh, oh…

Des lapins ? Des bisous ?

Et un cochon empoisonné ?

– Ethan… des bisous… tu veux dire, les cœurs en chocolat ?

Ethan hoche la tête, tout content. Puis il sort de sa poche une grosse poignée de papiers de chocolat rose et vert froissés.

– Ils étaient dans mon panier de Pâques.

J'ai donné *tous* mes bisous en chocolat à Anne-Énorme. Elle les adore.

10

Eliott s'assied sur les marches du porche et regarde Ethan et le petit cochon se courir après sur la pelouse. Nina est en train de recopier leur lettre à Dash Marlowe à l'encre invisible sur un bloc-notes violet. Les coéquipiers lui racontent comment ils ont résolu le mystère du petit cochon empoisonné.

– Je n'arrive toujours pas à croire que ton petit frère était l'empoisonneur, dit Nina.

– Il ne voulait pas lui faire de mal. Simplement lui offrir ce qu'il a de plus précieux :

ses chocolats. Il aime beaucoup ce petit cochon.

Nina sourit.

– Je sais. Mais si on ne l'avait pas découvert à temps, Anémone serait peut-être morte d'amour !

– Tu sais ce qui m'étonne le plus, moi ?

– Quoi ?

– Ethan a donné une tonne de chocolats

à Anémone et il n'a pas voulu m'en donner un seul, pas même un tout petit. Je suis son frère pourtant.

Nina rit avant de lui annoncer :
– Au fait… elle ne s'appelle pas Anémone.
– Ah ! C'est Reinette qui l'a emporté ?
– Beurk ! Non !
– Rockette ? Pégase ?
Elle secoue la tête.

– On a choisi un nouveau nom. C'est Gordy qui a eu l'idée en fait.

– Ce n'est pas Saucissette quand même ?!

– Pas exactement. Je te présente… Mignonnette, annonce Nina en tendant la main vers le petit cochon.

– Mignonnette, répète Eliott. C'est joli pour un mini-cochon. Même s'il peut causer des méga-problèmes !

– Il n'y aura plus de problème, déclare Nina. Ethan ne lui donnera plus de chocolat. Et on n'a plus à s'inquiéter pour le jardin de Mme Raidillon.

Eliott regarde la nouvelle clôture qui protège le parterre de fleurs fraîchement plantées.

– Je me sens si bête d'avoir suspecté Mme Raidillon. Quand elle disait qu'elle allait s'occuper définitivement du problème, elle pensait simplement à installer une clôture !

– Ouais, mais… fait Nina.

La fin de sa phrase est noyée dans un rugissement. Un instant plus tard, la voiture de Dylan montre le bout de son nez dans l'allée.

Tout sourire, celui-ci se penche par la fenêtre.

– Hé, les loulous, vous voulez faire un tour ?

– Waouh ! Tu as réussi à la faire rouler ! s'exclame Eliott.

– Ne faites pas cette tête.

Il tapote la portière.

– On va voir du pays tous les deux, lance-t-il en continuant à rouler lentement.

Mignonnette traverse alors la pelouse en courant vers l'allée.

– Dylan ! hurle Nina. Fais attention !

Surpris, Dylan donne un coup de volant. La voiture évite Mignonnette, mais percute la nouvelle barrière de Mme Raidillon. Elle s'immobilise, les deux pneus avant plantés

dans le parterre de fleurs et la haie taillée.

Eliott et Nina assistent à la scène, stupéfaits.

– Hemm… c'est bien toi qui as dit que les problèmes étaient terminés ? demande Eliott.

Nina secoue lentement la tête.

– Ça me fait penser au conseil de Dash… Chercher les similitudes étranges…

– Ouais et alors ?

– Je crois que là j'en vois une.

– Tu veux parler des fleurs de Mme Raidillon qui finissent toujours par se faire écraser ?
– Non. Je parle de deux choses qui semblent aller de pair : les problèmes… et nous !

Entraînement de
superdétective

Quand Eliott et Nina reçoivent
la réponse de Dash Marlowe,
Mme Raidillon a déjà replanté
ses fleurs. Mais cette fois-ci,
elle les a plantées de l'autre côté
de son jardin.

Dash Marlowe
Détective

Bonjour Eliott et Nina,
Toutes mes félicitations pour la résolution de votre deuxième affaire ! Je vois bien ce que vous voulez dire pour les casse-croûte pendant les surveillances.
Moi aussi, j'ai appris la leçon dans la douleur – le jour où j'ai dû patienter neuf heures sous une table du restaurant « À la bonne côtelette » pour mettre la main sur le Bandit du Barbecue.
En attendant votre prochaine énigme, vous pouvez vous exercer avec ces mini-mystères et casse-tête. Les cerveaux vont chauffer !
Bonnes enquêtes !

Dash Marlowe

Pour s'échauffer !

Si vous vous souvenez des casse-tête précédents, vous savez où se cachent les réponses.
Et si vous avez oublié ? Eh bien, à vous de les trouver !
1. Qu'est-ce qui commence par un E, se termine par un E et ne comprend généralement qu'une seule lettre ?
2. Combien de terre y a-t-il dans un trou de 1,50 mètre de largeur sur 1,50 mètre de profondeur ?
3. Qu'est-ce qui t'appartient et que tout le monde utilise ?

Cherchez l'indice !

En exerçant vos yeux, vous deviendrez de bons observateurs. Certains cas sont de vraies séances d'entraînement, comme l'Énigme des Tatouages Jumeaux. Je n'aime pas que des jumeaux soient impliqués dans une affaire. Cette fois-ci, par exemple, je savais que le jumeau Matt était le contrebandier. Mais chaque jumeau disait qu'il était Will et pas Matt.
Comment ai-je identifié quel frère était Matt et l'autre Will ? Même leurs tatouages étaient identiques – enfin presque ! Pouvez-vous reconnaître le tatouage de Matt et celui de Will ?

Réponse : Le tatouage de dragon à droite est celui de Matt. Il y a six M sur sa poitrine. Matt a également caché des M dans les lignes de son tatouage. Les avez-vous repérés ? Si j'avais su à l'époque que même les vrais jumeaux ont des empreintes digitales différentes, je n'aurais pas eu besoin d'examiner leur tatouage.

En prison : une énigme de logique

Cellule 1   Cellule 5   Cellule 9

Trois voleurs sont dans la même prison.
Pouvez-vous deviner dans quelle cellule se trouve
chaque prisonnier et avec quel livre ?
Regardez les indices et remplissez le tableau de réponses.
Puis relisez les indices pour trouver la clef de l'énigme.

1. Rocky est dans la cellule 1, mais il ne lit pas
Les prisons célèbres.
2. Carl lit *Les prisonniers célèbres*.
3. Louis n'est pas dans la cellule 5.
4. L'un des prisonniers lit *Les évasions célèbres*.

Tableau de réponses

	Cellule 1	Cellule 5	Cellule 9
Nom			
Livre			

Réponse : Rocky est dans la cellule 1 et lit Les évasions célèbres. Louis est dans la cellule 9 et lit Les prisons célèbres. Carl est dans la cellule 5 et lit Les prisonniers célèbres.

Pique-nique empoisonné : un mini-mystère

Je me régale toujours à résoudre une bonne énigme d'empoisonnement. En voici une particulièrement difficile.

C'était une journée torride du mois d'août. Mélanie était la première invitée à arriver au pique-nique annuel de Mlle Hattie. Elle avait tellement soif, qu'elle a bu d'une traite un verre de limonade avec des glaçons. Mais comme elle mourait toujours de chaud au soleil, elle est partie assez tôt.
Ce soir-là, elle a appris que la limonade avait été empoisonnée ! Vingt et une personnes avaient été très malades, à l'exception de Mélanie.
Pourquoi avait-elle été la seule à ne pas tomber malade ?
Certains en ont déduit que c'était elle qui avait empoisonné la limonade ! Mais ce n'était pas la vérité.
À vous de la trouver !

(Indice : le coupable avait mis en œuvre l'empoisonnement juste avant le début du pique-nique.)

Réponse : Le poison était dans les glaçons ! Ils étaient encore solidement gelés quand Mélanie a bu son verre de limonade. Mais après son départ, ils ont fondu au soleil et le poison s'est mélangé à la limonade. J'ai fini par découvrir qui était le coupable : Mlle Hattie. Elle avait simplement fait semblant d'être malade. Elle en avait tout bonnement assez d'organiser le pique-nique annuel.

Suites logiques

Une fois que vous avez trouvé une explication logique, vous avez un temps d'avance.
Non seulement vous savez ce qu'il se passe, mais vous pouvez aussi prévoir ce qui va arriver !

Complétez les suites logiques.

1.

(Indice : prends un miroir.)

2.

Réponse 1 : Le chiffre 8 écrit en miroir. (La logique est d'ajouter deux à chaque chiffre écrit en miroir : 0, 2, 4, 6, 8.)
Réponse 2 : Un cercle continu avec un cercle en pointillé à l'intérieur. Il y a deux parties dans cette logique. D'abord, celle des formes qui se répètent : cercle, triangle, carré. Ensuite, les lignes en pointillé changent de place d'une forme à l'autre : intérieur, extérieur, intérieur, extérieur, etc. Les meilleurs détectives peuvent suivre deux logiques en même temps !

Réponses des casse-tête :
1. Une enveloppe.
2. Pas de terre du tout. Un trou est vide.
3. Ton prénom.